OK?

西出元美

リーブル出版

CONTENTS

ＯＫ？

リンゴを食べる　―〝私〟を探して―

この一週間
僕は　まだ　熟していない
青いリンゴを
リンゴの木から　とっては
かじり
とっては　かじり
していた

リンゴが　かわいそう
とは　思わなかった
まだ　種もできていない
青いリンゴ

僕は　むさぼるように
食べ　そして

吐き出した
満足できなかった

そして、今夜
僕は　君にも　そのリンゴを
とって　食べることが
僕への愛だ　と
3時間もかけて
せつせつと　説いた

君は　言った
「いいさ。それで君が立ち直るなら」

君は　うなだれながら
青いリンゴを　木から　とって
かじった
痛いっ
僕は青いリンゴだった!!

痛みが癒えるにつれ
僕は　じわじわと　わかりはじめた
そう　それが君の　僕への愛だったんだ
僕に　痛みを分かち与えてくれることで
僕が　立ち直るのを
待ってくれていたんだ

〝待つ〟ということを
僕は知らなかった

君は　言った
「こんど　赤く熟したリンゴを
二人で食べよう」

〝僕〟は
いつかそのとき
〝私〟に　なれるだろう

僕は自分のなかの
〝女〟を探してた
自分のなかの　〝私〟を探してた

僕は少しずつ
〝私〟へとむけて
実りはじめた

ライム　ミスト

遠いところから
オンラインで
ライムイエローのアイシャドーが
届きました

これから
夏です

シュワッと
ライムを絞ります
目元に

あなたは
スッパイって
言うかもしれません

スッパイ　キスをしましょう
夏に似合う
サワヤカな

霧が　フワッと
一瞬　ひろがるような
涼しいミストが
二人をつつむでしょう

二人のミストは
それぞれの心に湧く
雫
夏の光に虹をつくります

お互い
血と涙をススッてきた日々があるから
そんなミストが
香るのです

露出

女はやけを起こしていた
もう、どうにでもなれ
という気持ちだった
それでいて
男に助けを求めていた

女は男の前で　わざと
メイクを　落としてみせた

レモンライムの香りがする
ふき取り式の簡易クレンジングで
おもむろに、クレンジングシートを
顔にあてる
眉墨が落ちる

マスカラが落ちる
アイシャドーが　アイラインが
つぎつぎに落ちてゆく

頬紅が落ち
ファンデーションが落ち
最後に真っ赤な口紅が落ちた

女は、子どものような顔をしていた
わがままで
利かん気で
淋しがりや

女は
いやいやをして
泣いてみせた

女は　もう

男に　嫌われたと思っていた
男は、黙って煙草をふかした
眉ひとつ　動かさなかった

女は　男の胸をたたき
泣き崩れた
男は　女の肩に腕をまわした

何ひとつ
変わらなかった

ただ　女の心に
新しい女が　生まれた

家族のうた

リンゴと　トゲトゲの栗
いっしょに　いる

栗のトゲトゲは
容赦なく　リンゴを刺す

リンゴは　栗のトゲトゲを
うけとめる

栗は　自己嫌悪に
ふるえている

リンゴは　悩むけれど
信じる　自分のやってることを

ギリギリまで
耐えてみせよう

だって、栗だって
好きで刺してるわけじゃない

同じ家族である
ミカンは　心にすっぱいものを持ちながら
リンゴと　栗を　見ている

ミカンは　栗に対して
たたきつけたい思いがある

自分だって
心に思うこと　苦しいことは
いっぱいあるのに

そんな　ある日
栗は気づく

自分はこんなままでいたくない
自分は一人じゃないし
守りたいものがある
それは、自分自身であり
この人たちだ!!

栗のトゲトゲが
ぱっくり　割れて

中から
甘く　やわらかい
中味があらわれた

リンゴは　ほっとし
ミカンは　爽やかな
果汁を飛び散らせた!!

好奇心

貝の
ねじねじの奥に
入ってゆく

誰も
そんなところへは
入ってゆきたがらない
二度と出てこられないかも
知れないからだ

でも、
私はねちねちと
入ってゆく

黒いストッキングを履いて
ミニのハーフパンツで
真夏に……

ちょっとは
セクシーでないと
あなたは入れさせてくれないでしょう

あなたがそこで
待っているような気がして
その貝殻の奥で

愛なんて
いいかげんなものだけど

好奇心は
確かだ

私はあなたの貝の中に
入ってゆく

今は　それしか
興味がない

OK?

これって　詩なの？
そうじゃないの？
これって　詩として
成り立ってるの？

私って
生きてていいの？
どうなの？

私って
女としてどう？

誰も　ほんとうには
こたえてくれない

自分で　自分に
「ＯＫ」を出すしかない

詩人が　自分の詩を
「これは、詩じゃないんじゃないか？」と
疑いだしたら
もう　ペンは持てなくなる

それでいて
いつも「これって詩なの？」
そう思いながら
詩人は詩を書く

それが、詩人の
宿命だ

人は　自分に
「自分って、生きてていいの？」と

問いつづけるものだ
そう　私は思っていた

でも、私の主人は
「違う」と言う
「自分、ファーストや!!」と

けっきょく
自分で決めるしかない
「これで、いいんだ」と

OK?

ファッション

茶色の年は
茶色が正義
そして、次の年には茶色は流行おくれ

これは黒
これは白
これは白だけど
明日には　もう黒

勝手に決めつける
人気者たち

日本人はみんな同じ服を着ている
まず「答え」があって
それから、プロセス

体育の時間といっしょ
「右むけ、右!!」
「左むけ、左!!」

服装だけじゃない
思想だって
政治だって
好きになる音楽だって

好きになる人だって……

人気者になるには
自分を変えなくちゃいけない

どこかで誰かが
あやつっている
でも、誰だかわからない
みんながみんなに

あやつられている

それは「海外」から入ってくる
「海外」に合わせなくちゃいけない

「日本人の幸福度は?」
「日本では何人の女性政治家がいる?」

日本人の幸福度が低いのは
いったい誰のせい?

心の花

映らない
カメラでは　ぜったいに
撮ってはならない花がある
道端の
なんでもない花
田んぼのわきに生えている
野菊
あまりにも
そのままで……

いくら撮っても
自らの心の乱れが
汚れた映像となり
自身を傷つけるから

心を静止させて
心を鏡にするのだ
それでも、
撮らないことが
撮ることだ

私は、農家に嫁として
嫁いできた
いわば、よそ者だ

彼らは
人目にふれることなく
暮らしてきた
しなを作り
カメラに映されるようには
育ってはいない

ほんの少し

彼らの心にふれた
と、思っても
思いあがってはならない

自身の心を見つめよ
そこに　きっと　咲いている
道端の野菊

OK?

創世記

最初に君がいて
世界ははじまった

小さな種のような宇宙が
花開くには
たっぷりの水が必要だった

雨がたくさん降り
海ができた
緑の双葉が顔を出した

でも、
悲しげに　虫に喰われてゆく葉もあった
君の愛が足りないせいだ!!
僕は君を責めた

どんなカップルにだって
そんな時期がくる

女が嫁に入るときは
世界を創るくらいの覚悟がいる
もちろん、男が婿に入るときも

そして、たぶん
二人きりの核家族から
はじめた二人だって

世界は「君」と創ってゆくものだ

君は雨を降らせつづけた
やがて　双葉は落ち
ほんとうの　大人の葉が
生えはじめた

僕はやっと
君の愛を信じはじめた

しっと　だうん

しっとすると
だうん　する
だうん　しなくてもいいのに
だうん　しちゃう
ひとは　きほん
おひとよし
だから
しっとすると
だうん　する
きもちを

しっと　だうん
そしたら、
だうん　しない

エイリアン

大きな口
小さな頭
涎を垂らし
隣の部屋の壁を
夢想しながら
ゴシッ　ゴシッ　と、
擦り掻く

「母」というエイリアン
思春期の息子や娘にとって

「愛」の名のもとに
すべてを呑みこもうとする
すべて自分の思い通りにしようとする

すべてを抱きよせようとする
更年期の母の
貪欲さ

若い女を
貪り食い

若い男を
舐めまわす

推し活する
欲求不満の
若い母親
そう　まだ若い
引退してしまうには

かつて
小さな芽を

芽生えさせた
創造性は今はなく
貪欲さだけが残った

でも、
かつては
可愛かった
美しかった
愛されていた!!

そして、
産んだ!!

あの喜びよ
もう一度!!
彼女の小さな脳は
渇望する

老いてしまうまで
諦めてしまうまで

いや、
諦めきれないでしょう

若さ
産める力

それでも、
諦めるのです
それが、女
男にはできない

母になれば
できる
それが、慈悲!!

慈悲を得るには
母の知恵が
必要なのです
男にとっても　女にとっても……

エビデンス

エビは
エビデンスを持たない
その脳に

エビデンスがあり
エビはプランクトンを食べるわけじゃない

エビデンスがあり
私は詩を書くわけじゃない

人々は
エビデンスにがんじがらめになっていて
それゆえ、
エビデンスから自由な人たちを
うらやみ　蔑む

つまり、
天才と狂人である

天才は
賞とか再生回数などの
エビデンスにより
群衆から　祭り上げられ

エビデンスがなければ
ただの狂人とみなされる

思うに「客観性」とは……

そんなに人から
よく思われたいですか

そんなに自分が
信じられないですか

神さまは
エビデンスなんて
求めない

沈黙

それは　幻の果実
誰もが　得ようとして
得難いもの

SNSやテレビ
ご近所の噂話
みんな、シャットアウトしたくて仕方がない

いろいろ手段はある

「おやすみ」のキス
これで安らかになれたら
どんなにいいだろう

音楽

ヒーリングミュージックとか
逆にラップとか

ポエム
安直で　おしゃべりなものが
多すぎる

私が詩を読むのは
沈黙が得たいから
おしゃべりな本はもういらない

オーバードーズ
最後の手段
危険が多すぎる

瞑想
わりとマシな手段
でも、険しい道

みんな、何かから逃げたい
せんさく？

せんさく　せんさく
頭の中も　家の外も
せんさくだらけ

「私」って
イケてるの？
インなの　アウトなの？

いじましく
いじけてみせる自分
それは、ウソだと言う自分

自分を許せない自分
いいかげん許してやれよ自分
静かに眠れよジブン

ふつう ―ニッポン―

普通に朝の街を
歩いてみる
靴音をたてず
静かな朝の空気
ゆっくり　ゆっくり
自然と丁寧になる

普通は意外と難しい
犬をつれた散歩の人と
挨拶する
「おはようございます」
やや緊張してみせる
でも、笑顔で
向こうも　ちょっと緊張した感じで
笑顔

「おはようございます」
以上……

「いいお天気ですね」とか
言うときもある
言わないときもある
空気しだい

すごく
日本っていう感じ

私は今まで
どこの国にいたのだろう

人と合わせられない
幼いときからずっと
自由

それって
きっと　長所でもある
それを　あえて隠してみる

和……

ああ、ニッポン!!

赤い海

海がある
赤い海
体の中に

しずかに
波打っている
あたためている
命を

どんな孤独の中にも
脈打っている
自分の体の中の
海が
ある

父と母
そのまた　父と母から
うけついだ
太古の海

ひとりじゃない

プロフェッショナル

待っている
孤独なランウェイ
出番がくるのを
じっと待つ

表舞台を
一人
歩く
オートクチュールを身につけて

一歩
一歩
見せ場をつくる
気取った顔をして見せる
つんと顎をあげて

踵をかえす

数分
いや、数秒かもしれない
印象を残す
でも、エゴは捨てる
余計なものは
そぎ落とす

服を美しく見せるための
隠れた努力
でも、努力した跡は見せない
ただ　ただ
服になりきる
服と一体になる

一番美しく見えるような
動きをつくる

指一本
爪一つ
に　神経をゆきわたらせる

そして、
終わったら
しずかに服を脱ぎ
去ってゆく
美しい夢だけを残して

貴賤

私は、今朝
色の褪せた黒いティーシャツを着て
散歩に出た
髪には手作りの髪飾りをつけて

畑のおばさんが
「あのアパートの子?」と尋ねた
私がそっちの方角を指したからだ
私の家はそのアパートの前の
新築の黒い屋根の家だ
でも、私は
「そうです」と答えた

おばさんは自慢気に
八重のひまわりを見せてあげる

と言った
私はついていった
写真を撮らせてもらった
「ご苦労さま」
おばさんはそう言った
もう二度と会うこともない
そういう口ぶりだった

今夜、私は
ヘアピンのおまけについてきた
オレンジのヘアゴムをつけて
シャワーを浴びた
プラスチックの小さな花の飾りがついていた
なんとなく　そんな気分だった

長い間
貧乏して　苦しんできた
お義母さんが
私を見ているときの気持ちが

なんとなく　わかった気がした

お義母さんの
お日さまのような
笑顔に隠された
大切なものも

でも、私は
オレンジのヘアゴムをしながら
十八万円した結婚指輪を
はめていたのだった

そんなものかもしれない
しょせん　私は私だ
でも、今夜のことは
忘れたくない
ヘアゴムを、そっと引き出しの奥に
しまった

深夜のはかりごと

夜中に起きて
カメラを持ち
外に出る
キラメク星々
そっと　シャッターを切る

切り取る
夜の一部を

そして、こっそり
シャワーを浴びるのさ
みんなが寝しずまっている時間に

ドキドキ
しない？

みんなの知らない自分ができあがる

深夜に
生まれ変わる自分!!

シャワーを終えて
換気扇をまわし
鏡の水蒸気が消えたら
何食わぬ顔で
ベージュの下着を身に着けて
パジャマを着るのさ

大切なものを捨てていたと気づいた朝に

朝、どうしてもあのティーシャツが着たいと
下着のままで
引き出しをあさっていたが
「ああ、あのティーシャツは
いつだったか嘔吐した夜に
捨ててしまっていたのだ」と思い出す

「おわり」と書いた白い文字の
防虫剤ばかり
引き出しの底から出てくる

ああ、こうやって
僕らは　世界を
絶滅危惧種たちを
捨てていっているんだ

ペットボトルばかり飲んで
大切なものを捨てていっているんだ

せっかく　連写して撮った
シラサギが飛んでいる空の写真を
シラサギが小さく映りすぎていて
気づかずに　削除してしまっていた
同じような空がいっぱい映っていると思い込んで

同じじゃないんだ
一瞬　一瞬　違っているんだ
一瞬　一瞬　大切なものが
そこに、はばたいているんだ

絶滅危惧種だけじゃない
大切な家族との時間
そんなものまで僕らは
小さすぎるからと

削除してしまっている

そう
僕らは平気で　大切なものたちを
気づかずに　ダストボックスの中に
投げ入れてきたんだ

母と私

けっきょく　私と母の問題だったのだ
朝、主人と言い争いをして
というか、私が一方的につっかかって
主人は私の人生を正してくれた

主人は言った
人に気をつかいすぎだ
そんなに深く考える必要はない、と

でも、夜
それを途中まで聞きかじっていた
義母のことが気にかかり
いたたまれなくなって
夜の雨にうたれた

悩んだあげく
私は義母のところへ行った
義母は優しく
「あんたはうちの家族やから
もう十三年もうちにいるのやもの
今さら何を〝私でよかったの？〟なんて」と
言ってくれた

私が、ほんとうに
「私でよかったの？」と聞きたかった相手は
義母ではなく　母だった
母はもう死んで
どうしようもなくて
義母に私は
助けを求めたのだ

魔女、グレートマザー
そんなものの形をかりて

私は母と向き合ってきた

そして、今
母もただの弱い女性だったのだと
私も女性なのだと
安堵とともに
思うのである

結実

季節は
秋にむけて
転がり落ちはじめている

あなたの
年取ったお母さんを
大切にしなさい

自分の膝を
いたわりなさい

白く咲いていた
百合の花も
黒い実を残し　消えた

紫の藤の花も
長い豆のさやを実らせ
散った

咲かせていた花は枯れ
咲かせていた結果が現れる

何を咲かせていたか
実を見ればわかる

あなたは夏のあいだ
何を咲かせていたのでしょう
その実を収穫なさい

死にたいのちょっと手前

死にたいと思う
もう　だいたいのことは
やってきて
だいたいのことは
知っている

つもりだった

疲れていたのかも知れない
まだまだ知らないことは
いっぱいあるし
行っていないところも
もちろん、ある

でも、

楽しいことのあとには
苦しいことが待っていることも
もう　知っている

だから

楽しいうちに
死にたい
そう思ってしまう

でも、
人間そうカンタンには死ねなくて
ズルズルと生きてゆかなくてはいけない
そう思っていた

デトックスが必要なんだ
そんなとき
ぐっすり寝て

不要なものは捨てる
人生後半
ほんとうに必要なものをみつける

よく
「生涯現役」と言って
いつまでも現職にとどまる人がいる
私は、そうはしたくない

私は「私」をみつけにゆく

死にたい　そう思ったら
楽しかったことを思い出す
噛みしめる

長い人生を生きてきたから
その余韻を楽しむ時間も
じゅうぶん取ったほうがいい

すぐに次に移ってしまうのでなく

それから、
必要なものと　不要なものを
分ける
「自分」がみつかる

そこから、
新しい人生
新しい楽しみと
苦しみに
挑んでゆく

ハッピーエンド

ハッピーエンドを想定しよう
「命」を選びとろう

親たちの言うこと
いじめっ子たちの言うこと
そんなものに耳を傾けない
たとえ、彼らが
今、ここに　いなくても
今、ここに　いないからこそ

悲劇のなかに
逃げ込まない

どんなにダサくても
どんなにウザくても

「命」を選びとろう

「天才」？
「凡才」？
そんなこと
どうだっていい
書くことが
生きること

あなたにだってある
「生きるためのこと」
それで生計を立てられなくてもいい

しずかに
目を閉じれば　見える
自分の
「生きるためのこと」
それを

選びとろう
もういちど言う
どんなにダサくても
どんなにウザくても
「命」を選びとろう
ハッピーエンドを
呼び寄せよう

生存

自殺か
ロボトミーか

そこに、新たに
「愛」という選択肢が
芽生えようとしていた

私は　その芽を
うまく育てることができるだろうか
四千年の正か不が
決せられようとしていた

もう　いちど
生まれ変わっても
「彼」に出会いたい

「重い」と言われる不安
「うざい」と言われる不安
そんな不安
はねのけてしまえ

「私は生きてていい」
そう自分に言おう

お父さん　お母さん
あなたたちに感謝できる日は
まだ先かもしれません

でも、
いつかするから
してみせるから
あなたたち
もう　死んでしまったあなたたちに
どれだけ抵抗されようと

いや、抵抗されていないことは
たぶん、知っている

ただ、私に
「幸せになってほしい？」
ほんとうに
「幸せになってほしい」と思っている？

あなたたちがなれなかった
手にできなかった
「幸せ」を、私が
手に入れてもいい？

私は知っている
私が幸せになる日が来たとき
あなたたちが
どんなに喜ぶかを

たった一人の革命

真夜中のドアを開けて
こっそり　スニーカーを歩ませる
郊外の小さな屋根たちのうえに
大きな月

満月の夜は
カメラが外に出たがる

眉をしかめる人たちもいる
深夜のシャワー音
バスルームの小さな窓に
黄色い明かり
誰が見つけるのやら

自由を呼吸せよ

隣人の口さがない噂話の中に
自分が登場しても
私はひるまない

カメラを持って
外へ出よう

戦場を撮るためでなく
美しい夜空を撮るために

幼子

悲しみは
大切に育てた朝顔の
ピンクの花をちぎるとき

父さんなんか　母さんなんか、と
花をちぎって
揉みしだく

赤い汁が滴る
幼い子は
赤い汁に染まった小さな指を
涙して、眺めるのである

幼子は
なにかいけない遊びをしていると

知っている
あそこを触ると
なんだかへんな気持ちになるんだ

自分なんか
生まれてこなければよかった
自分は
汚れている
母に買ってもらった朝顔の
鉢に咲いた花
一つ一つちぎってゆく

朝咲いて、夜にはしぼんでしまう花だけど
幼子は、そこに雌しべと雄しべのあることを知っている

自分なんか
生まれてこなければよかったんだと
自らの性を揉みしだく

悲しみの汁が
ひとしずく
涙とともに滴るのだ

昔のアルバムを見た夜

ある　とても　親しい人が
私に　小さな手作りの
人形を　くれました
私が　小学生のとき

青いギンガムチェックの服を着た
茶色い髪の人形でした

私はものすごく
喜びました
でも、その喜びは
長くはつづきませんでした

そのあと、すぐ
その人の部屋に行くと

その小さな人形と
同じ時期に
同じその人が
その人自身のために作った
大きな立派な人形を
黒いベルベットの洋服を着た
黒髪の美しい人形を
こっそりと
置いていたのを
私は見てしまったのです

私は大好きだった
青いギンガムチェックの服を着た人形の顔に
黄色いペンで
傷をつけました

その傷は
私の心に　深く　深く

くいこみ
ずっと　消えませんでした

その人は
私のことを
「わがままだ」と言いました

みんなが
私のことを
「わがままだ」と言いました

私はわがままなのだ
ずっと　そう思いつづけました
自分のことを。

なぜ　その人は
自分のためだけに
大きな黒髪の人形を

作れなかったのでしょうか
「わがままな」私のために
小さな人形を
あてがったのでしょうか

いいえ　違います
今夜、私は
昔のアルバムを見ました
私が子どもの頃のアルバムです

父と母にかわいがられて
楽しそうにしている私がいました
そして、その写真を撮っていたのが
おそらく、その人でした

その人も
楽しかったのです

私が生まれて

だから
自分の人形といっしょに
小さなかわいい人形を
作らずにおれなかった

私はその気持ちがわからなかったのです
今夜、アルバムを見かえすまでは

今、私にはよくわかりました
自分がどんなに
彼女の孫たちの
幸せを望んでいるか

観る!!

見えないものは
いつまでも
見えないままで
いるのでは　ありません

どんなものでも
いつかは　カタチをとる
あなたが思ってもみなかった
カタチをとって
あなたの前に　現れます

あなたの望みは
不思議な通路をとおって
地下水のように
しみだすのです

愛情も　憎悪も
嫉妬も　憧れも
思わぬ仕方で
現れます

素直でいましょう
そうしたら
素直な通路ができあがります

曲がっていると
あなたの望みは
どんどん　あなたの望まぬほうへ……

素直でいましょう
それは　とても難しいこと
それは　自分自身を
直視することだからです

生のままの
自分を観るのです

OK?

あとがき

人には、自己承認欲求がある。自己に対する評価を「セルフエスティーム」と言ったりする。自分で自分に「ＯＫ」を出せるか？　胸を張って「イエス」と答えられる人は少ない。

それは、さまざまな要素で構成されている。私にとって、夫に愛されているかどうか、が、大きかったりする。えらそうに詩など書いているが、夫のちょっとした笑顔で、ものすごくがんばってしまったりするのだ。

男と女は、影どうしである。男の中には「永遠の女」が、女の中には「理想の男性」が眠っている。それは自己の魂といっていい。男性の中の女性性、女性の中の男性性である。

女性が、真の女性たるには、「母性」から独立しなくてはならない。「女性性」と「母性」は、いっしょくたにされがちだが、男性は、「おかあさん」を性の対象とは見ない。

これは、男性の中の「女性性」に関しても同じである。「母性」から独立していない男性を、女性は性の対象とは見なくなるだろう。今までのように「妻」のことを「おかあさん」と呼ぶ男性はもてなくなる。

いっぽう、「母性」と「セルフエスティーム」は密接な関係にある。「母は、

「私を産んで幸せだったか？」
私は、ずいぶん思い悩んだ。
「母」に愛されないということは、幼い子どもにとって「死」を意味する。
今回の詩集のテーマは、自身の「母性」からの「女性性」の独立であったともいえる。「性」の問題と個人の自我の確立は深く結びついているように思う。

〝自分に「ＯＫ」を出せるか？〟をテーマに描いてきた作品群ではありますが、個人的には、前作『走りぬける』は「ＯＫだった？」という意味も込めさせていただきました。みなさん、今回の詩集、「ＯＫ」だったでしょうか？
まだまだセルフエスティームの低い自分ではあります。

本作ができるにあたって、私の「わがまま」を聞いてくださったリーブル出版のみなさま、そして、何度も話を聞いてくださった坂本圭一朗氏に心から感謝いたしたく存じます。

みなさまに、たくさんの「ＯＫ」が降りそそぎますように。

西出　元美

PROFILE

西出　元美　にしで　もとみ

1969年　三重県に生まれる。

1992年　早稲田大学第一文学部卒業。

2002年　詩集『陽ざし』　文芸社

2013年　詩集『ヒーローになろう』　文芸社

2024年　詩集『走りぬける』　リーブル出版

OK？

２０２４年11月30日　初版第1刷発行

著　者――西出　元美

発行人――坂本圭一朗

発　行――リーブル出版

〒７８０－８０４０

高知市神田２１２６－１

ＴＥＬ０８８－８３７－１２５０

装　幀――島村　学

印刷所――株式会社リーブル

ISBN 978-4-86338-429-3